Pour Pierre

Marie-Aude Murail

Mystère

illustré par Serge Bloch

GALLIMARD JEUNESSE

Un roi et une reine attendaient leur premier enfant. Toute la layette avait été tricotée en bleu car on espérait un garçon. Ce fut une fille qui se présenta. Elle était blonde comme la reine et, comme elle, avait un gros nez. Pour ces deux raisons, la reine l'aima et elle l'appela Blondine. Ses petites camarades d'école qui n'étaient pas toutes gentilles l'appelaient parfois Gros-Nez.

Il se passa quelques années et le roi et la reine attendirent leur deuxième enfant. Ce fut encore une fille. Elle était rousse comme son papa. Sa mère l'aima pour cette raison et l'appela Roussotte. Quand leur troisième fille arriva, le roi et la reine commencèrent à s'impatienter. Mais elle était brune comme la mère de la reine. La reine l'aima pour cette raison et l'appela Bruna.

Malheureusement, il naquit une quatrième petite fille qui n'était ni

blonde, ni rousse, ni brune, pour la bonne raison qu'elle était chauve. La reine ne l'aima pas et, comme on ne savait rien d'elle, on l'appela Mystère. Au bout de deux années, les cheveux de la petite fille Mystère se mirent à pousser et ils étaient bleus, ce qui était en effet très mystérieux.

Le roi et la reine de ce pays étaient riches, bien sûr, mais pas tant que ça. Il y avait eu la guerre, et puis une mauvaise récolte, et puis une épidémie de grippe et puis la rentrée des classes. Bref, la reine était obligée de faire des économies. Seule Blondine

avait des robes neuves, de superbes robes d'or et d'argent, en forme de ballons, et couvertes de pierreries.

Quand les robes étaient devenues trop petites pour Blondine, elles passaient à Roussotte puis à Bruna. Lorsque arrivait le tour de Mystère,

les robes avaient l'air de ballons cre-
vés. Mais Mystère s'en moquait
parce que, avec ses vêtements déchi-
rés, elle pouvait grimper aux arbres
sans se faire gronder. Grimper aux
arbres, c'était justement ce qu'elle
préférait.

Le roi et la reine de ce pays avaient
aussi beaucoup de servantes, mais pas
tant que ça. La reine était obligée de
se faire aider par ses quatre filles.
L'aînée, avec ses belles robes, ne pouvait pas faire grand-chose. Elle trico-

tait un peu. Roussotte cousait. Bruna brodait des mouchoirs en faisant des cœurs partout. Comme Mystère ne craignait pas de se salir, on lui laissait le soin de nettoyer tout le château. Elle jetait des seaux d'eau dans les escaliers puis elle les savonnait. Jouer avec l'eau, justement, Mystère adorait ça !

Le roi et la reine de ce pays donnaient naturellement des fêtes magnifiques, mais surtout pendant le weekend. En semaine, ils mangeaient les restes avec leurs trois filles préférées. Ils ne pouvaient pas inviter Mystère à leur table parce qu'elle était trop mal élevée. Mystère mangeait toute seule au chenil. Elle prenait sa viande et son pain avec les mains, tandis que les chiens, couchés en cercle autour d'elle, la regardaient en penchant la tête. De temps en temps, elle leur lançait des morceaux de nourriture qu'ils avalaient d'un seul coup de mâchoires. Cela faisait beaucoup rire Mystère, et Mystère, justement, aimait beaucoup rire.

Le château du roi et de la reine de ce pays était absolument féerique mais, à bien y regarder, il n'était pas très grand. Il y avait une chambre pour les parents et une chambre pour les trois filles préférées. Mystère dormait au grenier. Elle s'était fait un lit

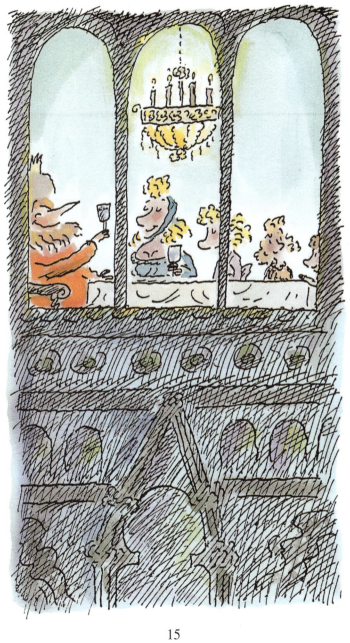

avec de la paille et de la vieille toile.
La nuit, elle entendait les chouettes
dans les arbres, les souris trottant
près d'elle et le vent qui fait grincer
les girouettes. Elle avait un peu peur
mais, justement, c'est amusant d'avoir
le cœur battant.

Quand elle eut huit ans, Mystère devint la plus belle des petites filles. Elle avait des yeux noirs comme un puits, des cheveux bleus qui descendaient en vagues sur ses reins, et la peau blanche comme un jardin sous la neige. Les princes et les rois qui passaient à la cour ne faisaient jamais de compliments à la reine sur ses trois filles préférées, mais toujours ils disaient :

— Quelle est donc cette servante aux cheveux bleus qui monte aux arbres et mange dans le chenil ?

— C'est une souillon, répondait la reine, furieuse, c'est une souillon sans importance !

Elle était en colère parce que tout le monde s'intéressait à Mystère.

Elle finit par dire au roi :

– Il faut se débarrasser de cette vilaine Mystère. Ou bien nous ne marierons jamais nos trois filles préférées.

– Hélas, soupira le roi, je suis bien de votre avis.

Le roi appela donc en cachette l'homme à l'habit vert qui dressait les chiens à la chasse.

– Homme à l'habit vert, ordonna le roi, je te commande d'aller perdre la petite fille Mystère dans le fin fond des bois.

L'homme à l'habit vert alla chercher Mystère dans le chenil et il l'entraîna très loin, dans le fin fond des bois, là où les buissons épineux griffent les jambes au passage.

– Pauvre enfant, dit-il en abandon-

nant Mystère dans le rond d'une clairière, méfiez-vous des loups, des
ogres et des sorcières !

Mystère regarda la forêt que la nuit
refermait derrière elle comme les
portes d'une prison. Déjà, elle n'en-

tendait plus les pas de l'homme à l'habit vert. Elle était seule toute seule dans la forêt où vivent les loups, les ogres et les sorcières. Elle s'assit sur la mousse et se mit à pleurer.

– Quel malheur d'être une petite fille de huit ans, disait-elle.

Tout en pleurant, elle écoutait les bruits de la forêt. Il y avait des frôlements dans les fourrés, des chuchotements sous la terre et des piaillements dans les feuilles. Soudain, elle sursauta. Deux yeux, comme deux lanternes rouges, la regardaient. On devinait derrière ces yeux rouges la masse sombre et poilue du plus vieux loup de la forêt. Il s'approcha en trottinant, sûr de ce qu'il mangerait à son dîner. En poussant un cri, Mystère se releva et ce fut le tour du loup de sursauter.

Sous la lune, il venait d'apercevoir le flot bleu des cheveux de Mystère.

– Mais qu'est-ce que cela ? s'écria-t-il de sa vieille voix chevrotante. Qui êtes-vous, petite fille aux cheveux bleus ?

– Je suis Mystère, répondit-elle, et je suis vénéneuse.

– Oui, c'est ça, mystère et « véneuneuse », répéta le vieux loup, en faisant semblant de comprendre.

– Vous savez ce que veut dire « vénéneuse » ? le questionna la petite fille, d'un ton sévère.

– Euh, eh bien, c'est… c'est une sorte de…

Le vieux loup, honteux, baissa le nez et avoua :

– Je ne sais plus. Avec l'âge, la mémoire baisse et…

– « Vénéneuse », cela veut dire « poison », expliqua Mystère. Il y a des champignons qu'on peut manger et qui s'appellent « comestibles ». Il y a des champignons qui donnent la colique et qui font mourir ; on les appelle « vénéneux ». Les petites filles, c'est la même chose. Celles qui sont blondes, rousses ou brunes, elles sont comestibles. Celles qui sont bleues, elles sont vénéneuses.

– Oh, mon Dieu ! s'exclama le vieux loup, et moi qui allais vous manger... Merci de m'avoir prévenu, mademoiselle Mystère.

– Vous pouvez me manger si vous avez vraiment faim, dit-elle gentiment.

– Ma foi, non, je n'ai pas beaucoup d'appétit, ces jours-ci.

– Juste un petit bout, juste pour goûter, insista Mystère.

– Non, non, non. Rien du tout !

Et le loup se sauva, en prenant bien garde de ne pas toucher la petite fille vénéneuse, même du bout de la queue. Mystère éclata de rire. Puis elle se coucha sur la mousse et s'endormit.

Le lendemain matin, c'est le soleil qui l'éveilla. Elle s'étira puis elle pensa qu'elle avait faim. Que peut-on trouver à manger au fin fond de la forêt ?

Elle se leva et aperçut des petites boules rouges sous la verdure : de délicieuses fraises des bois où perlait la rosée ! Tout à côté, au creux d'un nid, Mystère découvrit des œufs blancs tachetés de gris qu'elle avala tout crus. Enfin elle s'éloigna de la clairière en prenant un sentier tapissé de mousse.

Des lapins se sauvaient, surpris à son approche, puis ils revenaient, à petits bonds prudents, pour l'obser-ver. Les oiseaux descendaient des branches les plus hautes et se posaient presque à ses pieds. Plus le soleil

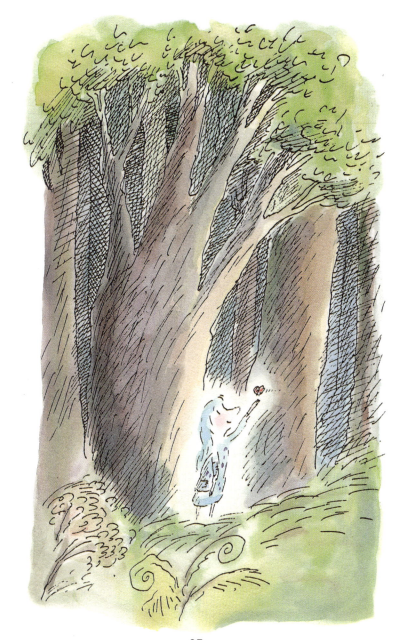

devenait chaud, plus il y avait de papillons dans le ciel.

– Quelle belle, bonne journée ! s'exclamait Mystère tous les dix pas.

Vers midi, tout de même, elle eut très faim. On ne peut pas vivre de fruits sauvages quand on est une petite fille de huit ans.

Le vent lui apporta soudain l'odeur tiède et salée d'une soupe sur le feu. Sûrement, la femme d'un bûcheron était en train de lui réchauffer son repas. Guidée par l'odeur, Mystère arriva devant une cabane couverte de lierre.

Comme il y avait une grosse pierre à l'entrée, Mystère s'y assit un moment pour se frotter les pieds. La bûcheronne sortit alors sur le pas de sa porte et aperçut la petite fille.

– Que faites-vous là ? s'écria-t-elle.
Passez votre chemin ! C'est la maison
de l'ogre, ici !

– Donnez-moi d'abord de votre
soupe qui sent si bon, répondit Mystère, ensuite, je m'en irai.

La femme de l'ogre la laissa entrer

et lui servit un grand bol de soupe, en
la suppliant de se dépêcher.

– Mon mari ne va pas tarder !

– J'en voudrais bien une deuxième
fois, dit Mystère en tendant son bol
vers la marmite.

– Mon Dieu, mon Dieu ! gémit la

femme de l'ogre, et mon mari qui va
rentrer !

L'ogre frappa à la porte comme elle
prononçait ces mots.

– Cachez-vous, malheureuse, dit-
elle en poussant Mystère dans un coin
sombre.

L'ogre n'avait pas fait trois pas dans
la maison qu'il aperçut la petite fille.
Il se mit à rire, en se tapant sur le
ventre :

– Ouf, j'ai trop mangé, ce matin. Celle-ci me servira de goûter. Approche un peu.

Mystère s'avança dans le soleil, ses beaux cheveux tombant en cascade sur ses épaules.

– Mais qu'est-ce que cela ? s'exclama l'ogre. Qui es-tu ?

– Mystère, dit la petite fille.

– Comment ça : « mystère » ? On ne fait pas de mystère avec moi. Quel est ton nom ?

– Mystère, répéta la petite fille.

– Mais elle veut me faire enrager ! hurla l'ogre qui n'avait pas très bon caractère.

Comme un enfant gâté, il se mit à taper du pied. Il était tout rouge de colère. Il dut s'essuyer le front et les mains tant il suait.

– Ouille, aïe, dit-il en se frottant le ventre, j'ai trop mangé, j'ai chaud, j'ai

mal au cœur, je suis malheureux, le plus malheureux des ogres !

— C'est bien fait, dit Mystère, vous mangez trop d'enfants. Si vous continuez comme cela, vous aurez des ulcères à l'estomac, des crampes dans les doigts de pied et des points noirs sur le nez !

– Oh non, non… Je ne veux pas, se lamenta l'ogre, pas de crampes dans les doigts de pied !

– Vous n'avez qu'à être végétarien.

L'ogre resta silencieux un moment puis il marmonna :

– Oui, bien sûr, « gévétarien »…

– Je parie que vous ne savez pas ce que cela veut dire, se moqua la petite fille.

– Si, si, je le sais ! fit l'ogre vexé.

Mais rappelle-le-moi quand même.

– Quand on est végétarien, monsieur l'ignorant, on ne mange plus de viande. Seulement de la soupe au potiron et des épinards à la crème.

– Et on n'a pas de crampes dans les doigts de pied ?

– Ni de points noirs sur le nez !

Au goûter, l'ogre ne mangea pas du tout la petite fille Mystère. Il prit comme elle un grand bol de soupe en agitant ses doigts de pied.

Mystère resta une semaine chez l'ogre, mais l'ogre faisait des tas de caprices pour ne pas manger ses épinards.

Mystère finit par en avoir assez et elle s'en alla plus loin dans la forêt.

Après une bonne heure de marche,
la petite fille se trouva nez à nez avec

une vieille femme aux yeux méchants qui ramassait du bois. La vieille femme laissa tomber son fagot sur le sol et, lançant ses bras en avant, elle s'écria :

– Abricadébroc, faisons le troc,

Moi, la reine, toi l'esclave.

Et toc !

C'était une sorcière.

— Ramasse le bois, ordonna-t-elle.

Mystère dut obéir car elle venait
d'être ensorcelée.

— Rentrons à la maison, dit l'hor-
rible vieille.

Une fois dans la maison, Mystère
dut ranger les vêtements qui traî-
naient, laver des piles d'assiettes
et chasser des dizaines d'araignées.
La sorcière était toujours dans son

dos, la frappant avec une baguette pour qu'elle se presse.

– Pourquoi êtes-vous si méchante ? lui demanda Mystère avant d'aller se coucher.

– Abricadébrac, j'ai trop le trac. Abricadébruc, laisse ce truc.

– Pff, vous ne savez dire que des formules magiques, se moqua Mystère, moi, je peux dire… des confidences.

– Des quoi ? s'écria la sorcière.

– Des confidences, madame la sotte. Ce sont des secrets et on les dit à sa meilleure copine.

Les sorcières adorent les secrets.

– Dis-moi une confidence, supplia la vieille.

– Je vous en dirai, promit la petite fille, mais quand nous serons copines.

C'est ainsi que Mystère devint la copine de la sorcière. Elles jouaient ensemble à cache-cache, elles se fabriquaient des trésors et elles se racontaient tous leurs petits secrets. La sorcière rajeunissait à vue d'œil. On ne lui aurait pas donné plus de

cent dix ans, surtout quand elle jouait
à saute-mouton.

Mais un matin qu'elles s'amusaient
drôlement bien toutes les deux, elles
entendirent, traversant toute la forêt,

un bruit de galops et de cors de chasse. Soudain, une meute de chiens, des chevaux blancs et des chasseurs rouges envahirent la clairière.

– Holà, ho ! s'écria un jeune homme qui avait une grande plume à son chapeau.

Il sauta de son cheval et fit un salut à Mystère.

– Princesse aux cheveux bleus, dit-il, je suis le prince Étourneau. Un magicien m'a prédit que je trouverais dans le fin fond des bois la plus belle femme au monde. Montez vite sur mon cheval. Je vous épouserai dans mon château !

En entendant ces mots, la sorcière se mit à pleurer. Pour une fois qu'elle se faisait une copine, on venait la lui chiper !

– Vous m'avez bien regardée ?
demanda Mystère au prince Étourneau.

– Je ne vois que vous, belle princesse !

– Vous n'avez pas remarqué que
j'étais une petite fille ?

Tous les chasseurs se mirent à rire. C'était pourtant vrai que Mystère était une petite fille.

– Vous êtes venu trop tôt, dit Mystère pour consoler le pauvre prince, revenez me voir dans dix ans !

Quand le prince fut reparti avec ses chiens, ses galops et sa plume à son chapeau, Mystère se roula dans la mousse en riant.

– Ha, ha, ha ! qu'est-ce que c'est bien, disait-elle en se tordant de rire, qu'est-ce que c'est bien d'avoir huit ans !

L'auteur
et l'illustrateur

Quand elle était petite fille **Marie-Aude Murail** aimait se raconter des histoires dans sa tête tous les soirs, pour s'endormir. Un soir, elle s'aperçut que, dans le lit d'à côté, sa petite sœur en faisait autant. L'une et l'autre sont devenues romancières. « Écrire pour les enfants, c'est le secret pour ne pas quitter la forêt, celle de Boucle d'Or et de Poucet, la forêt de nos huit ans qui pousse la nuit dans la chambre à coucher. »

Serge Bloch est né en 1956 en Alsace. Il vit aujourd'hui à Strasbourg. Après diverses tentatives pour apprendre à jouer d'un instrument de musique, sur les conseils d'un ami, il s'est penché sur une table à dessin. Peut-être mauvais musicien mais illustrateur de talent ! Serge Bloch se résume ainsi : « Comme tout illustrateur, j'illustre. Je me suis frotté à la bande dessinée humoristique, j'ai fait quelques albums, des livres de poche et j'ai beaucoup travaillé dans des journaux pour enfants. »

Découvre d'autres contes

La petite fille aux allumettes
de H. C. Andersen illustré par Julie Faulques

La veille du jour de l'An, une petite fille marche seule et pieds nus dans le froid et dans la neige en serrant contre son cœur une petite boîte d'allumettes. Personne ne fait attention à elle : les passants sont pressés de rentrer chez eux préparer la fête. Pour tenter de se réchauffer un peu, la petite fille craque une première allumette, puis une autre…

La patte du chat
de Marcel Aymé illustré par Roland et Claudine Sabatier

En jouant dans la cuisine, Delphine et Marinette cassent un plat en faïence très précieux. Pour les punir, les parents décident de les envoyer chez la méchante tante Mélina, dès le lendemain, s'il ne pleut pas. Pour éviter la punition à ses petites maîtresses, le chat passe la patte derrière l'oreille en faisant sa toilette. Il attire la pluie… et la colère des parents.

Petits contes nègres pour les enfants des Blancs
de Blaise Cendrars illustré par Jacqueline Duhême

Connais-tu les histoires qu'écoutent les enfants d'Afrique ?
Sais-tu d'où vient le vent ou ce que chantent les souris ?
Veux-tu suivre le petit poussin qui va voir le roi et
découvrir les mauvais tours de l'oiseau de la cascade ?
Ces contes étonnants, pleins de malice et de sagesse,
Blaise Cendrars le poète va te les raconter…

————

Les Minuscules
de Roald Dahl illustré par Patrick Benson

La maman de Billy lui répète sans cesse de ne jamais
franchir le portail du jardin pour s'aventurer dans la
Forêt Interdite. Et bien évidemment, c'est exactement
ce qu'il va faire ! Là, il découvre le monde des
Minuscules, ces petits êtres qui peuplent les arbres,
mais aussi le grand danger qui les menacent.

————

Voyage au pays des arbres
de J. M. G Le Clézio illustré par Henri Galeron

Un petit garçon qui s'ennuie et qui rêve de voyager
s'enfonce dans la forêt, à la rencontre des arbres.
Il prend le temps de les apprivoiser, surtout le vieux
chêne qui a un regard si profond. Il peut même les
entendre parler. Et quand les jeunes arbres l'invitent
à leur fête, le petit garçon sait qu'il ne sera plus
jamais seul.

————

La Belle et la Bête

de Mme Leprince de Beaumont illustré par Willi Glasauer

Il y avait une fois un riche marchand. Sa fille cadette possédait tant de charmes et d'attraits qu'on l'avait surnommée la Belle. Au fond d'un bois touffu, se trouvait le château de la Bête, un monstre d'une incroyable laideur. Un jour, pour sauver la vie de son père, la Belle doit rejoindre la Bête...

———

La Barbe-bleue

de Charles Perrault illustré par Jean Claverie

Il était une fois un homme fort riche, qui avait la barbe bleue, ce qui lui donnait l'air cruel. Il avait pris pour épouse la fille cadette d'une charmante voisine. Un jour, la Barbe-bleue annonça à la jeune femme qu'il partait en voyage. Il lui remit son trousseau de clefs en lui disant qu'elle pouvait toutes les utiliser sauf la plus petite, qui ouvrait un cabinet...

———

La Belle au bois dormant

de Charles Perrault illustré par François Place

Le roi et la reine ont organisé une fête splendide au palais pour le baptême de la petite princesse. Et ils lui ont donné pour marraines toutes les fées du royaume. Hélas, ils avaient oublié d'inviter une vieille fée qui vivait recluse dans sa tour. Pour se venger, elle s'approcha du berceau de l'enfant et lui prédit qu'elle se percerait la main d'un fuseau et qu'elle en mourrait...

———

Contes pour enfants pas sages
de Jacques Prévert illustré par Laurent Moreau

Une autruche qui mange les cailloux du Petit Poucet, des antilopes mélancoliques, un dromadaire que l'on traite de chameau, un jeune lion qui se fâche avec le dompteur et des ânes qui prennent les hommes pour ce qu'ils sont. Ainsi va le monde pas sage du tout de Jacques Prévert.

───────

Barbedor
de Michel Tournier illustré par Georges Lemoine

Le roi Nabounassar III régnait sur l'Arabie Heureuse depuis plus d'un demi-siècle lorsqu'il découvrit un poil blanc mêlé au ruissellement doré de sa barbe. Or le soir même, le poil blanc avait mystérieusement disparu. Et ainsi, chaque jour, un poil blanc apparaissait et disparaissait… Quelqu'un avait-il entrepris de voler la barbe du roi ?

───────

Pierrot ou les secrets de la nuit
de Michel Tournier illustré par Danièle Bour

Pierrot le boulanger aime Colombine, son amie d'enfance, sa jolie voisine. Colombine est blanchisseuse et travaille le jour. Petit à petit, elle se lasse de cet amoureux qui travaille pendant que les autres dorment. Passe Arlequin, le peintre aux couleurs de l'arc-en-ciel…

───────

Comment Wang-Fô fut sauvé

de Marguerite Yourcenar illustré par Georges Lemoine

Voici l'histoire de Wang-Fô, le fameux peintre chinois.
Ses tableaux étaient si beaux qu'on les disait magiques.
Un jour, l'empereur convoqua le vieux maître qu'il
admirait tant pour le menacer d'un terrible châtiment.

———

Mise en couleurs par Concetta Forgia
Maquette : Karine Benoit

ISBN : 978-2-07-509720-8
N° d'édition : 344453
Loi n° 49-956 du 16 juillet 1949
sur les publications destinées à la jeunesse
Premier dépôt légal : septembre 1987
Dépôt légal : septembre 2018
Imprimé en Espagne par Novoprint (Barcelone)